U0602561

山水诗笺

感受诗歌的力量

在时间的流泻中半醉半醒

方严 著

Fang Yan

竹海日报
出版社

图书在版编目（CIP）数据

山水诗笺 / 方严著. -- 北京 :经济日报出版社，
2020.12
ISBN 978-7-5196-0743-2

Ⅰ. ①山… Ⅱ. ①方… Ⅲ. ①诗集-中国-当代
Ⅳ. ①I227

中国版本图书馆 CIP 数据核字（2020）第 244849 号

山水诗笺

作　　者	方　严
责任编辑	王　含
责任校对	蒋　佳
出版发行	经济日报出版社
地　　址	北京市西城区白纸坊东街 2 号（邮政编码:100054）
电　　话	010-63567684（总编室）
	010-63584556　63567691（财经编辑部）
	010-63567687（企业与企业家史编辑部）
	010-63567683（经济与管理学术编辑部）
	010-63538621　63567692（发行部）
网　　址	www.edpbook.com.cn
E - mail	edpbook@126.com
经　　销	全国新华书店
印　　刷	成都兴怡包装装潢有限公司
开　　本	880mm×1230mm　1/32
印　　张	6
字　　数	150 千字
版　　次	2020 年 12 月第一版
印　　次	2020 年 12 月第一次印刷
书　　号	ISBN 978-7-5196-0743-2
定　　价	49.00 元

感受诗歌的力量
——代序方严《山水诗笺》

白庚胜

出生于 1997 年 10 月的方严,是安徽省池州市诗坛新秀。

她一直在父母的羽翼下生长,上学后一度学习差强人意。特别是在中学阶段,不管怎么熬夜苦读,理科成绩都断崖式下滑,使她产生了许多烦恼与自卑。中学毕业后,她选择去读学前教育专业,但依然没有突出的表现,以至自己对自己失望日增。

在那段时间里,好在她还有文学陪伴,每每沉溺于大量阅读,既释减压力,又丰富自己的知识、思想、情感,以至慢慢育成了文学的种子在心地发芽拔节,并尝试着创作,开放出一朵朵稚嫩的鲜花。

在这段时间里,诗歌给了她的心灵最大的慰藉和自信,给了她人生的希望与力量,以及对光明的追求。于是,写诗也成为她安放秘密的树洞,并让她年少的梦想顺利起航。

在父母的帮助和自己的努力下,她从此找到了适合自己人生的坐标,并一发而不可收,至今已经发表近 20 万字的作品,并成为安徽省作家协会会员。

步入青春期后，方严怀着无限诚挚和敬仰的态度步入诗林，注入心血、真情，发现平常事物中乍现的灵光，捕捉一些独特素材细细揣摩与构思，以诗歌书写青春，用语言唯心行走、解释、表达，让冰冷的石头有体温，使折翅的鹰永保翱翔的姿势，发现诗歌不过是萍水相逢里的对自己的一眼回眸。于是，她用诗去抒发自己的所想所感，不断提升诗歌艺术的境界，不断加深自我的诗歌美学认知。

也正因为如此，阅读使她的思绪开阔、灵魂丰满。不管是在图书馆，还是在家纵横书海，她总是幻想着未来有清浅从容的脸庞，有优美的情节和词句助力翱翔九天，收获了许多信心与勇气，坚信通过不断的努力和生活的引领与时代的感召，一定能让自己穿过命运的窄门拥抱未来。这本《山水诗笺》，便是她的勇与力的重要支撑。

这是一部选材较广、写作视野比较开阔的青春诗语。它共分"江边故事"、"山水一幅"、"万物的烟火"三小辑。作品大多从常人的悲欢离合中，寻找窥视无垠星空的神秘，以沉思的笔调顺应生命的感动与真情的呼唤，使热情澎湃的心喊出铿锵有致的"爱之声"，同时敞开自己的心扉，抒写对生活的感悟，表达对爱情的追求与珍视，用自然流畅的诗句告别过去的苦涩与不堪，开创出新的人生。从而，通过慧眼看世界、慧心悟人生，使她的性情在山水、草木、鱼虫及其字里行间，得到很好的颐养。

对于方严，诗歌不是一份工作、一份负担，却是一种兴趣爱好，也是一种灵魂与命运的赎救。她通过琐碎平凡的生活场景，去捕捉和发现生活细节的感动和诗意，推展出生命的无限活力、情趣。是她的提炼，令现实与浪漫相映成辉，让故乡的山水流荡出激情和瑰丽。是她用真诚与率真的诗句，向读者敞开自己无欺的心怀，呈现出对生活乃至生命的理解，以及对故乡的不舍与爱恋。可以说，在人生不断前行的旅程上，她终于抛开所有畏惧的阴影，且带着感激的泪水、亲朋好友的鼓舞，藉诗歌的魔力，长吐出英勇与豪迈，让一切的一切都充满美好的期待与爱意。

　　作为诗界的先进，我所寄希望于方严的是：使自己的心灵更加强大，足以气吞天地日月；让自己把根扎得更深，在生活中、人民里；将自己的诗心、诗情、诗意、诗章，汇入源自《诗经》、《楚辞》的中华诗河、诗海之中，并掀动汹涌的浪花与波澜。

2020 年 11 月 14 日

推 荐 语

　　道路来自天边，方严是个出发者。在自己想象出来的世界上，用语言唯心地行走、解释、求购，尝试着呈现传统语境中分裂的自我。方严的真挚与坦然令人感受到了诗歌干净的美。

——雷平阳

　　方严以诗歌书写青春，探索情感，提炼生命，当这些追求被独立而独特意象呈现出来时，眼前的世界因此而丰富并深刻起来。

——许春樵

方严是一位刚刚迈出大学校门的诗歌作者，在念书时就创作了不少诗歌作品。诗歌有些虽然表达直接，色彩过于绚丽，但却饱含激情而且真诚，如喷发的火焰，抒情性极强而且都是对生活、对山川的赞颂，对写作有虔诚之心，假以时日，相信方严在诗艺上更加成熟。

——李寂荡

方严以青春、阳光的敏锐与多思，以积极自然的心态和笔触，融入了作者对天空云朵与梦想的追求，对季节和岁月的咏叹，亲情友情和乡情的倾情抒写，对人生喜怒哀乐的追问，其情感真挚，侧重于诗人自身的内在情绪，有迷茫，有苦恼，有喜悦，有感慨，还有梦幻跳跃的絮语，充满了对生活、生命的憧憬与向往。诗歌意象丰沛，想象奇崛，情绪线条舞动若云。

——李自国

目录
CONTENTS

江边故事

卷一

洱海边

为那风那花那月那雪，在月下摇晃

酒后的话刮起上关的风

用脚后跟丈量段誉、王语嫣、木婉清的情爱交织

六脉神剑使得，像在抚摸爱人

这一切没有让我迷醉。我只在乎

在篝火晚会牵手起舞的是不是你我

将烦心事东一挂西一丢放在下关风的是不是你我

当我喝完数杯酒，亲吻的那个姑娘是不是你

这孤独的酒杯啊，承不住我的叹息

放不下彼岸的呼声。举起酒一饮而尽

在人群中寻找不见那一张脸

在苍山的雪色中苦等到满头蓬白

来是为了寻找那风那花那雪那月那你

在时间的流泻中，我半醉半醒

拿着一沓信，闭上眼睛，心在宁静的鼾声中落定

泉边没有蝴蝶，花朵还没有全部开放

我喝醉了，挥舞着双手却没有举起你喜欢的落月

今夜喝醉了，和相仿你的姑娘坐在洱海的双廊

像水草一样的缠绵。幻想某天，我们在下雪天散步

眼里有梅，却不撇一枝；心中有爱，却不肯形容

深夜醒来，想摸透鸥鸟影飞的风声

卷着开谢的潮汐，喝了太多的酒

在不省人事的时候，与你的每一句对白

像风一样无处不在，荡在了耳边化成了洱海的水

今夜，我不想你，只是月光像骨头一样深白

白色的房子在海岛的沙滩伫立

洱海之夜，让我好想你

兰

风细柳斜，百花含苞待放
如梦如幻的兰，耐不住寂寥
合着山谷的云气释出幽幽暗香
石隙的泉溪叮咚
兰披露珠在和风里撩琴吟唱

兰，质洁高雅，与人心相伴
花香沁出陶罐，仙手拂在矮墙
墨影涌进画稿，香洒江南水乡
从林间守候与山岚共嘘息
到落入故乡，倚在藏书的楼角、铺锦的诗章
在绵绵细雨里蛰伏，漫漫长夜里愈合堆伤的心痂
潋滟我的双眼，温慰我的心房

爆 米 花

灵敏的耳朵总是被过去的激情老歌而充塞
行走的双足总是因有情有义的泥土而生茧花
黑豆似的眼珠总是被涌过天空的鸟群而激亮
蠢钝的舌尖总是因简单的童年美食而生味
时间飞快流逝，而回忆时
尤其喜欢深刻在脑中的村头影像
砰！那一声闷响
我们共同、共有的动作，捂住耳朵跑得飞快

离开童年的哲学，离开父母早年安置的一切
黄昏的微光中，与周围的游子一样
在生命的旅途上，在时间的圆周线上循环
偏执地爱星火、亮光和刺耳的惊雷
偏执地把衣领竖起试图围住那惊雷响后飘来的香
如今顺应一声闷响
我从繁忙的圆周线上回到最温暖的家乡

丽　江

说着说着，只顾着说话

头顶的天空，变成了铺叙的绸帛

眼前的亮色，交映成玉龙雪山的雪

捡起落在茶马古道的闲笔

在雪山前向你吐露真言

说着说着，一只鸟飞起

一片叶落地，我们就到了丽江

共同爱着喜欢的一切不愿离开

几年后的某天，在路上走着走着

看到熙熙攘攘的人群很后悔

一想起丽江的蓝天下

满心满眼全是远离的你

在古朴的青石巷遇见再多的微笑

只能勾起我的哭泣

当时为什么不拴根绳

拴住躲在雪山之后的你

以前我不知道

以前我从不知道

你对于我，我对于你

都想成为一种不被遗忘的存在

以前我从不知道

点亮前生今世所有路途的月亮

藏着你我不能忘却的耳语

以前我从不知道

夜幕降临时，点着炉膛最暖的火

却令我摇着头彻夜垂泪

以前我从不知道

我心里时时刻刻念想着的事

也是曾经让你崩溃的坎坷

以前我从不知道

追随去你路过的道路，抬头望月

这清冷的月光会成为嵌在心口的悲伤

煮 茶

捏一撮翠叶，携一壶溪中水
烈焰牵动着泥碗土杯，我眷恋独处
烹煮陈年普洱，烹煮柠檬红茶
煮过长诗短句，煮过飞剑江湖
我不翻茶经不忆断章
任水在火上欢叫
任往事在微苦里回甘

群山敷翠，我坐望百花争艳
信手一捧，梦中期待的嫩绿
提壶微倾，捧杯闻香
喝来满口的春暖花开

麦　田

夕阳的魂在水中静静地流淌

跑瘦的风抖擞着羞涩的果

家乡在用一种特殊的嗓音唤我

领我穿过老态龙钟的房屋

眼前是无垠的金黄麦田

他们披风映日朝我灿烂的微笑

我被这种炽热的金黄打晕

这暴烈的燃烧　如此阔大的阵势

犹似我曾许下读尽人世烟火的誓言

光灿而丰韵的麦田　是被我遗忘了的乡情

我步摊开的阳光　在故乡的麦田中游走

一介缠绵的注视后　我将踏上远方的火车

我可取走的是那一弯镰刀挥去的麦穗

我取不走的是这一抔沉甸甸的黄土

宣　纸

沾墨练笔，墨上宣纸

在宣纸上叙述那梦幻撩人的春色

心却念着你的温暖，如堂前的炉火

宣纸，牵引着我们的远梦

通过浓情墨色与你心心相连

集聚出那天我们的依恋

祈愿我们永不分开

祈愿暴风雨永不会来

在宣纸上留白，它给你风牧养的雪

在宣纸上抹黑，它给你发如瀑的悬

给它清晨第一道阳光，它给你四季花开

假若明日你收到我这开在宣纸上的桃花

希望你走在追逐阳光的旅途

洗去的是尘土，迎接的是一路芬芳

今夜在重庆北

今夜在重庆北

语言变得多余

不时还会回身去寻你

静静地等待时

想起，似乎一切都可以放弃

想起，似乎一切都可以在弃后降临

一生很长，一世恒久

只因为你在我心里有过一次停留

让夕阳融化在水里

让月光的牧场回荡伊人的笑容

让伊人的影子始终摇晃在眼眶

今夜在重庆北

月光放大了我的影子

把情诗还给星河

把希望还给枯枝
把你的小手再还给你

今夜在重庆北
沿着灯塔航标
扶着细雨逆风前进
让思念居留我心
让寂寞前来送别
因为你走了，我去哪都行

愿　望

我愿豪阔的山水天天秀丽

我愿悠闲的云朵洁静在天穹

我愿在五月的黄昏为你唱支歌

我愿用翻过古诗词的手为你编织花篮

用尽前半生所学的美丽词语

将你喜欢的句点编入我的后半生

我愿摈弃偌大的故乡，去你描述过的金沙

斟满青山溪泉为酒饮，采绿肥红瘦为三餐

我愿化为独自舞蹈的风，将你拥在怀里

用你赐予我的爱情，喊出你的名字

我愿与你携手人间，绘出朵朵花的轮廓

我愿用一段桉树烧成思念的烟火

舞出灿烂的流星

愿望多多，我想一一实现

真能如愿

请允许我抹去曾经夺眶而出的泪痕

清溪垂钓

夕阳依旧，照着他倔强的弓背

掌心搓揉愿望，将酒香卷入鱼饵

无闻靡靡之音，无视满天红霞

轻握一竿，眼中只有水里的鱼

凝视水面，浮漂点动，忽见鱼之品食

星飞电急，抬手起竿。动人的鳞片

在清澈如玉的水镜中闪烁

杆弯线直，叠起枚枚水花。鱼起，水静

鱼落，挣扎。钓者笑容怒放

我与他不远相隔，只寻山访水

不慕获鱼的欢愉——

他寂寞端坐，饮下眼前的一杯酒

独享付出后的甜美

风绘制起一种空旷，分享花朵的馨香

我以健步如飞的步伐，走过前尘的新泥

把流金的大地、繁忙的彩蝶收束囊中

他以长久的忍耐，等待自然的馈赠

在起与放的繁忙里，在粼粼的水湄

鱼桶满满，乐享悠然

谪仙捉月

谁的梦向水晶宫阙、兀自弯弯的月芒？

谁可抓住这远遁而去的清尘幻影？

谁可与你拍掌为盟

保证四季都存风花雪月？

谁遗留的诗篇，谁的浪漫

高过你的一曲长歌？

或许，将月影溺死在杯里的酒才是你的寄托

或许，民歌遍扫的江水才是你的故乡

或许，只有恻恻转转的跌宕

才是你绝然的风霜

剑气在你手中握成，乱发随风

笑催宫人磨墨，靴落宫人怀

一笑成痴绝。趁赤血未冷

发未添雪，轻舟摇桨远去

把沮丧还给水上的风声

没有歌声的伴唱，就无限扩大满怀的温情

以一个闪念，慨然消化麻木的状态

壶中而天慢，对水自鉴

痴痴仰望诗笙缠结的长安。

今秋九州夜夜新霜，江畔金桂吹香雪

众星点闪，万家灯火

月光试图把握整个山林

试图把握鼓琴的那双手，起起落落

是你护送深藏的愿望从那里经过

字入纸笺，怀想在山坡飘荡的云影

怀想无路可入的故乡

我折身去你的三江五湖

你可否答我一汪深情？

你袅袅如风，去那秀如明镜的秋浦河

我来替你听那婉转哀绝的猿声

尝遍独酌的幽趣

模仿你手扔酒杯的豪迈

模仿你挥毫如舞剑

模仿你一壶酒的开怀

与墙上的影子自白

模仿你登临采石矶

无愧云天花海，无愧岁月

你不甘是我，深爱乱世

深爱高山的危崖，深爱带着伤痕的记忆

一刹，一念，一阵风

你跃身抓住月亮，如握故人的手

追去激情的江水

醉心地落入梦中拜访的故乡

芦 荻 情

假如我用芦根写诗，请以飘飞的云絮来读

霜华在苇叶上留痕，劲风溯游河流

阳光的金线裸露着欢欣而降

过荒野，越山沟，洒满我们的村庄

草木犹醉，温润如初

我在夕阳陨落之前飘然来访

在低语的清溪凌厉而过

不必追问我是谁的归人

不必询问我为何要穿行那摇动的芦苇

我只为寻遍珍贵的秋情与亲爱的姑娘

共同捕捉那无限的幸福

掠开那些嶙峋、陡峭

太阳映红了水波，也炙烤了我这满满的情怀

我在最南的横轴，愿她早日贴合我辽阔的胸膛

秋风招招，芦苇发出返乡的情热

芦荻丛丛，映水苍苍

照影于湖滨，醉于满湖动人的鳞片

眉眼在我的心底雕刻

我逆流而上追溯摄入柔波的丽影

我顺流而下找寻沉淀在河畔的彩虹之梦

一潭烟水漫情，看她把卷临风

我沉思迟迟，望白露未晞

盼我青丝未华染，清澈如故

盼她吹笙当月出，青睐秋韵幸福

西海情歌

为何等待与寻找是我这一生的主题？

为何欢愉是那样的短暂匆促？

为何我的眼中流出了酸涩的滋味？

你在多风多雪处转身

你在比绝望还要宽阔的北方

把疲惫的身影移入我的梦里

想你如雪也如透红的血

深夜的风是一支重音口琴，令月光战栗

你晴朗的微笑，在冰雪的牧场，任风扯面

当漫天尘沙，垢你的发，浊你的脸

你安能笑容无恙？

是否已叩击你崎岖的内心？

当琴声呜咽，夜空静谧

高原依旧矗立，雪堆遍布山峰

是什么让你着迷于这荒蛮之美？
是什么让你甘心被寒风酷雪刺中心脏？
你那瘦弱的身体，常被我在南方吟哦、思念
剩下的夜，继续吹奏的风，西海苍茫
倘若经受不住，烦出离西海，与我沿柳南下
共沐风雨，死生共约
彼岸花
让你甜的，叫朵朵锦簇
在花园苗圃中浅浅喜悦，诱人信手为伴
让你涩的，叫无人认领的离花
在沟旁道边，在山野丛林里，黯然失色
是失恋潦倒后的余韵，是盟誓作废的断肠
守在一泓清冷的水畔，抑或极度苍凉的弃地
饮下最后一滴清亮而透明的泪水
神迷一场日逐褪色的美梦。

彼岸鲜艳，彤云以干净的手法在丛林里描绘

不成字的相思，不成句的垫盼

细柳如烟，莺花烂漫。风轻云淡，坡壁上

美丽的誓言静卧。倾心的相遇

彷徨凄楚的故事，在真假里翻飞的传闻

前世今生的盼望，都与花叶错置的妖娆有关

彼岸花或舍子花，花与叶两相欢的沉寂

寄寓了无数次的永不相见、乱世恩仇

如血，似火；适合寂寞，适合分手

遗落，淡忘；在三途河畔，红于梦碎

在温暖的春夜，在无涯弃地，存放人世的秘密

以温柔的语调，在尽头起舞、接引

三 生 石

过去世，把疼痛烧成气息奄奄的文字

未来世，携手同行，弃往事如烟

一纸痴昧的情书藏在欲言又止的雪里

仰首环顾今生今世的悲欢离合

穿山过水、穿州过县叩问生之无常

我握的是前生的期盼，是等候你的信念

人生如曲，我在曲中行旅

你存在绚丽多姿的世界，存在玄微的尘网

羞涩含笑向着晴空，映影在我的眸里

却不知在何处开始与你携手

也不知在何处等你轻盈奔放、柔情喜悦

托付我无数的语句，船帆一样沉浮的余生

在何处恋情最妙？在何处交错最好？

线

窗外的昏黄光线从房门斜入，涌向桌椅

我没有嘹亮的嗓子叩响高山流水供我歌唱

也无法踮脚旋转出热烈的旋涡供我舞蹈

拧亮桌灯，取出一支笔、一张纸

纸上写满阴晴圆缺，笔未泄露心内的秘密

当你走出人潮起落的街道，当你的眉目笑语

成为我心内的饥渴，当我想你的时候

多想跨越风浪挫折将你守护

无法靠近你时

路远迢迢却拦不住岁月里不舍减去的思念

窗外有雨，清风横吹

我不关心雨水轻弹，不关心露水转白

只在白纸上摁下一个圆点

心里揣着山水、白云

依着倔强的记忆片段画出直线、曲线
在不规则的路途，自西向东
享受着它的无限，想念你的笑脸
一张纸、一支笔、一盏淡酒，温暖未缺
暗夜时刻，闭上双眼，交出内心的火焰和泪水
乘着这条线驶向你四季浪漫的城市花园

2020 不过泼水节

凤凰花点画在江水中，浪花像吐出的火焰

江水倒映着灯光静影、月色和繁星

幻画如天庭般绚丽

更深夜静、江水平缓，两岸放心安睡

因为疫情，我们相约，今年浴佛节

不泼水、不丢包、不竞渡龙舟、不跳象脚鼓舞

就让细细的潮音在平静中慢慢拂过

江水穿行生活的重，暗生寂寞的波纹

照见生命的美丽与高度，照见逆行的身影

江岸漫步，见水至清轻轻流淌

走上风雨桥静定，眸光漫步在江岸

岸上因疫情流着的泪与桥下的水

激起成章的绵绵深情

洗涤人间的灵魂并随风飘行

一如经历过爱与被爱的朵朵浪花

在江水里层推层进

触景生情，于是双手合十

默默祈福林间无霭、人间皆宁

边 城

豆绿色的水，随山而转

云雾如蒸，船行无踪

以沅水依托盛产的青盐、金黄的桐油

如今改走鲜亮平坦的高速公路

视域无限，芦花似雪，山重水复

端阳佳节已去

顶撞清波的龙船，在祠堂远避一隅

白鸭与麻鸭结伴，在雄浑的长河似与凤凰拥簇

心跳沸腾的鱼鹰，合拢翅膀，肃立江岸

逼视水中游窜的鱼

吊脚楼傍水而立，依山而筑

幺妹喂养着翻飞的鸟雀，品茗闲坐

诗人携酒徐行窄窄的小巷，老银铺

白塔如初，水碓转动，唤起各异的故乡感悟

我含着铜制的口琴，走向挑灯的吊脚古屋

只愿，遇到的情侣，一生安居

秦 淮 河

皎月盈盈，河水缓缓

灯影璀璨，琴韵悠扬

船在水中逗起层层的涟漪

桥在水上沐浴着月光

水在桥下与风密语

这是桨声汩汩、晕黄灯影里的秦淮河

也是一条金粉荟萃、重叠历史的河

不论灯彩多少，不论白天夜幕

不论繁星是否在水上交错

演绎情怀的人和游踪水波的客

都可以体会漾漾水波里的蹉跎

岁月交替间，脂粉味已随水而去

一直的繁华皆因六朝古都

如今，融在现代的风华里

醉在景致，乐在人和

晨　跑

晨光微撒，空气清新
轻衣薄裤，脚步轻盈
青翠草木在身后飞
卸下断了呼吸的情思
脚底磨出思念的老茧
卸下穿透了心坎的期盼
望你在我梦里流连

河边、山沿花香如潮
昂首卸风，遍身微汗
和咯咯欢叫的小鸟相伴
再融进一段开满鲜花的斜坡
就成为一幅素描

于晨曦中

追随一匹流水，聆听一浪蛙鸣

避开浮华，顺从生命在于运动的定律

就能深切感受大自然最顺心的气息

要是再来一段刚柔并济的太极

定是意进乾坤，足下流云

清　晨

清晨早起，小雨不歇
点起灯笼里摇摆不定的烛
灯光微亮，忽被风吹熄
但灯烟存念
与我捧读的线装书中的词句飘荡万里

偶然的事情可以预知一天的结果
或许面带微笑
就能过好一种简单的生活
把种种不顺视作生活里的微雨
在人世喧闹中坚持独立的飞翔
并静心等待，可能什么都不会发生

雨落院堂

小雨温柔，在街巷里扭捏
大雨磅礴，像白酒般浓烈
弱柳被雨一淋，飘拂无状
院堂被雨浇过，清新异常

当雨飘荡，众鸟沉寂
在雨线为弦、平地为鼓的节季
端坐门前系好飘荡的思绪
暂停翻动回忆的册页，尽管曾经志在高山
不再构思平仄的诗章，哪怕总是胸怀大海
只是静看雨滴从云袖中散落下来的才情
只是猜想雨花汇集最终触岸的滔滔大浪

当雨飘荡，泊在云端上的羁旅之客
滴滴洒落院堂，斜打那扇窗

一滴，一次无限柔肠

一滴是你笑，一滴是你语谈

一并装入今夜的梦乡

当雨飘荡，落在院堂，令我心畅

少年·图书馆

手捧书本，凝神细读

闻飘香的翰墨，细品书中的情景

将峨冠博带的飘逸暂且收藏

从历史的深水区捕捉人物的况味

以史为容，做一段驰骋江湖的侠客

与诗人行吟相通，月下握杯

让所有的结局在脑海都清晰呈现

少年因勤读而思想丰盈

在密密麻麻的字里行间

欢愉的表情写满脸颊，如水微微漾动

解读深奥的道理，令手掌不断摩挲

触到的是海浪的涌动

和阔大河山的壮美

寻觅的是知音的水流

领悟人生的一片真谛

沉浸在文字殿堂之内

定能找到精神世界的慰藉

乌镇的清晨

清晨，离了临河的那间房

解缆上船，从水网里回绕

想把一河风景带进自己的诗海

燕子未来，蝴蝶轻飞，晨阳撒野

显现出乌镇清晨的静谧

眼中涨满氤氲的水气

不断变换的景，映在欢喜的水里

小船仿佛是在粉花疏影中横笛

吹出的调悠远而又生生不息

绝色的乌镇

将我难忘的记忆刻写在清晨

不知这水中书画之镇

嵌满了多少令人难忘的爱情

不知这古色古香的老街

浸湿了多少牵肠挂肚的叮咛
今晨我在同一处河沿放绳靠泊
试图等待那艘曾载你回来的乌篷船
只想记起令我化不掉沁入心房的曾经
是想将所有的痕迹，天街的邂逅
紧捂在心口，烙入梦魂牵绕的水乡美景

霓虹灿烂

在约定的地方，守着嫩黄花蕊

守着夕阳，想着文静的你

期待神秘而至的幸福

等待爱情的花开花放

渴望幸福的心情有如岸边的柳色摇荡

逼我痴痴地花下闻香

一转身，一流云朵

变幻成你的回眸浅望

尝过苦，品过甜

临一阵风，沐一场雨

清风慰我时，蓦然回首，晓月清凉

斑斓的霓虹伴我接受生活的万象

渴望在未来时光的行程中

落定行人穿梭的城市

收获爱情，收获理想

将无悔青春中灿烂的光照亮一生的窗

禅院雨落·桃花

天光微亮，山鸟从林中浅浅飞起

钟声袅袅，僧人打坐禅院

梵音入云，经声过墙

木鱼声声中，山雨淋漓，泥土泛绿

春雨催开的桃花在枝上随风荡漾

在禅院的磁场里参禅悟道

润透迷漫的心灵

花势似彩墨泼出

把红艳刻在木木的寺墙

把山水的深浅环绕在细雨的禅院

桃花灼灼，捧读经卷

用心感受禅院的幽秘和宁静

聆听风铃此起彼落的叮叮和雨打花的响

闻清淡出篱花香让思绪不乱

在当当回响的钟声里从善如愿

雨落禅院，桃花的心事，将禅房静静填满
花开成佛，安之若素间，点燃一树红尘
合上经卷，走进柳枝拂堤的江岸
钟声撞醒春天，看桃花爬满山头
花间飞舞的蝴蝶，喜结尘间的爱缘

青 竹

没有桂瓣的芬芳，没有梅朵的幽香

山静月明，清风在怀

南窗轻睡时　宜风又宜雨

入板桥画里与墨痕相依

沿着节节相复的坚持，不事喧嚣的从容

在星群的光彩下，在城市的边缘

在寂冷的长廊外，神韵满溢

风来，竹翩翩：

风停，竹身在匀净的清幽处

朗诵至爱的诗句行文

昙　花

如瘦长的少年，苦苦的久望
那诱人而无从把握的绚烂
风，催促着书页快速地跳动
它在惑人的夜色，竟神迹似的绽放
瓣瓣的白艳，在无知的风险中
心念旧恩，无私的奉还

它，在亢奋中纠结，在黑黑的深夜
爱着窸窣之歌，爱着熟悉的丰饶之乡
不着一丝烟火的昙花
在巧手浇水间，偿愿了一刹那的开放
宿命的战栗，昙花自灿
温暖已留心，趁天未明，飞花去深山

海 鸥

衬着斜雨，迎风飞翔

掠过摇曳的三角梅、旋风的礁石

勇敢地驱驰海浪

飞向它的云、它的天、它的梦想

白羽，在海之角潇洒地翻覆

执着的身影啊！

闯向前程暴动的风浪

划破乌云的灵魂

从不逃躲奏响天空的电闪

狂响的浪花，赞美你的坚强

激越的奋翅，是为生命的呼唤

风过雨住

愿你沐浴平和的阳光

永享大海的蔚蓝

木棉花开

一场霏霏的清明雨后
满街的红棉散发出甜蜜的味道
倾注唐诗宋词的豪兴
燃烧着这烂漫的季节
迎接着春天，绽放爱情的光芒
享受着笔端那精巧字句的赞美
朵朵的笑靥，顺一条小溪泗游
沿着纵横的阡陌，回溯城区的南北
游入她炙热的手掌，俯身替他挽留
以毕生的热情，落在枕边祝她好梦
木棉暖红，奔放地迎接大地的春光
被风打落地面，仍风姿铮铮
花开花落的细节，便是暖暖的爱

瓷

收藏几簇淡烟

收藏云似的梨白

也收藏沉静在岁月里记忆的繁华

窈窕明媚的一枕瓷梦

除了玲珑圆润

还包括半开的花窗

河流般的神笔素绘

飘逸迷楼的青鬓

充满趣味的水袖舒卷

和穿越历史的迷蒙

无论博物馆里绚烂釉质淳厚官瓷

深藏在老城深处的敦厚朴素民瓷

精美绝伦裂纹又散落大地的碎片

都展示着一梦到天边的邃蓝心情

经历过漫长黑夜和改朝换代的变革

一朵青花

浴火的记忆制造出无数的快乐

不管赝品还是真迹

细腻瓷器的留白处

都勾勒出依恋雕花小窗的雅韵

让人心内欢跃，沉默飘逸

小 山 村

山风引路，炊烟如雾，红柿挂枝
左依起伏的河流，右傍金黄的稻穗
片片红叶扭动秋色的窈窕
那是我缝在诗里，挂在心中
蓝天映溪、青峰绿野的儿时生活的小山村

山村遥望云绕的青峰，近邻清澈如镜的小溪
仍存有牧童放牧一座山的爽气
仍存有诗人刻画一片水的灵趣
仍存有离乡游子的一梦成真、几多浮沉
几度沧桑。当院门半壁挂霜，当泪水湿浊衣裳
归人含满思乡的情，静想桂影满院、笛声悠然
端坐旧堂，此时却是眼底有溪，心上有山
家乡的村庄，永远是被乡愁俘获的片段

南 山 近

窗前春暖花开，飞鸟在湛蓝的湖波中飞翔

心醉的南山，白云下花开成澜

山下有秀丽的村舍，傍着弯弯河流

有夏风蛙鼓，依着青青禾苗

有白石暮雪，靠着苍松翠竹

有水车小屋，窗内情人呢语，煮茶对坐

有盛载着诗意的小舟，在艳阳下的湖里轻荡

春来秋去，星辰繁复

南山离我情关太近

种一畦田，晒黑一张脸

成就两手硬茧

扬起一路山间甜歌，辛勤拔藕采莲

能得一场喜宴

相伴绿水，摇荡船桨，把酒吟歌

但愿世间的美丽永驻南山

三峡随想

枕的是重重山峰，够我深睡一夜

踏着的是涛涛浪，渡我安稳一生

远远飘来的是，袅袅地炊烟

炊烟之下，是一桩桩童年往事

江水滔滔，一直在脑海中响

远古的号子在浪尖上腾跃

巍巍巴国水，绕巍峨巫山随大江东去

三峡，载的是千古的月，泊的是飒飒离骚

三峡，风霜里挨过，坚固巴人的意志

三峡，绵绵东去，巴魂永生

雪，这飘飞的梦

霜风蓄满三季的沉默，刃锋出鞘
这尖锐的刀子，割断草木的安详
雪花儿从天上敲下去，这奇迹的降落
飘过午夜的灯火。我贴近窗户
我伸臂，摊开手掌。思想穿透厚厚砖墙
走向那絮状的微凉处

雪梦一般的飘蓬。可我的心压着岁暮的
感伤，究竟哪一朵可揉去惆怅的灰色
哦，我忍不住这一刹的寂寞
若我是这欲断又续的雪
必以爱撒满山头，以高贵的美装饰
寒冬的凄楚。长风千里，翩翩以一整生的爱
一念梅的清馨，沾去弯弯树梢
在迷蒙中揉去山河的心胸
轻轻唤醒睡梦中的春天

雪

雪蓄满我的所愿，抚过玉立的白桦

以雨而凝，为山而舞

和冷风一同卷起冬日的感伤，送过寂寞的山梁

使草木战栗，将土地银装

雪停留在已结霜的窗

拥一颗冷到极致的心

带执着的影，至洁的美

深吻暗香的腊梅

在拱桥弯弯处共赴今生情长

借着爱的力量，书写一季的心狂

借寒风在心弦上叩起的回响

轻扬曾经失落了的浪漫

雪满对面人家

情满翘脚屋檐

抚弄灯火深巷

视线不及之处许尔之愿

所求皆如愿，所行皆坦荡

雪花漫飞，心思飞扬

象　棋

卷袖对坐　捻须相弈

炊烟如雾　将帅相逢

棋手的心内永恒，如风起云涌的武林

盘上跳荡的棋子，弹落万顷江波

剥落所有苛求　虚构枕着快意恩仇的江湖

穿过烟火缭绕　虚构踏日而行的奔腾骏马

虚构在仓皇岁月中，例无虚发的炮火

天热汗蒸　浮躁的蝉声无法冰镇

对白不多　却因一举不慎满盘皆输

重返棋局，棋势复生，屋瓦乱飞

茶寮闹市，楚河汉界，局面更紧

再三思酌，鏖战不停，仿如人生

山水一幅

卷一

漂　流

皮艇入水，山溪欢叫

笑声萦绕夏风打桨的峡谷

迂回、颠簸

碎裂的浪花

碰撞掉陌生而疏离的城市飘忽的心思

碰撞出浪花投下的清凉和游子牵肠挂肚的乡愁

撩动了在水波上缠绕的恋人柔发

山水凝碧，闪烁的阳光相扣绰约的花朵

顺流而下，轻触润泽儿女情痴的水流

以桂木船桨的力度，沁入灵秀的山间

以不倦不懈的手掌，抚摸帘上所镌的竹

有如皮艇滑过涧草的软

从美丽的夏天一撑而过

向 日 葵

我在晨曦的岑寂中靠近碧草松开的清香
爱上了碧绿的草地种下了你
期待着你积蓄泥土与阳光的营养
盛放出花盘如金的纯粹。

天空湛蓝，原野之美，人间宽阔不提伤情
不落笔墨的露珠给你圆满、破芽、出绿
白昼赐予阳光摇晃在你的肩头，陪你成长
月季的温香、一路落下的星光都来伴你
燃烧着金黄之色的、被岁月颠簸过的梦想
燃烧着从青春里延绵而过的激情
多么醉心的风景！多么茂盛如画啊！
你汲取人间的美好，牵出踉踉跄跄的阳光
你金色的花瓣紧紧围抱着圆满的花盘
朵朵的向日葵，尽是火热的梦想
盛放出恣意的花香，牵出童真的梦幻

蟋 蟀

八月打枣季，蟋蟀跳入我的院子

它的善鸣，时起时歇

夜夜流窜在庭前的花木、门外的回廊

跳过对望长街的窗口、落去厨房

绕行扶墙而立的白醋、黄酒、蜜罐

纤纤的触须，牵动着童年里美丽的记忆

透过月光，辨认蟋蟀或许是上季离去的那一只

那串串的音节，悠游对影成景的湖水山峦

传述雨后的新绿、红尘的哀愁

传述半遮深情的《古诗十九首》

传述自然诗派的旷达浪漫

传述诗人在挣扎中写意的愁思

年复一年，蟋蟀依旧，平仄押韵

你在窗内窗外声浪阵阵、豪阔一场天籁

我在屋内欣赏八月所制的骈俪诗文

一 剪 梅

风与雪冷冷对目，天地苍茫
一朵微笑，依稀从远处飘来
暖暖地眼波，瘦瘦且执拗
春天在你的心底

冷冷地雪，晶莹的光
浪漫在你的影里
穿风过雪，瞥过老松的鬓边
酿蜜的金阳从冰雪的覆盖中
潇洒一窜，溜进你的裙幅
梅朵顶立于雪，冷冷中往绝处酌诗
梅开你心，你居我心。爱的逍遥
无怨无悔，此情留心

当 归

思归难收，正是归时，为何不归
流水被青草染色，在峡谷中涨落
杜鹃在春序中如期的吐艳、亮色绚丽
青鸟飞越水田、寄你一份最重的手书

我把船泊在朦胧的渡口，将执拗的幻想
浓缩进彼岸的泥土
盼归的歌声四起，沸热了黄河与长江
回来吧！回来你最初安然入梦的摇篮
水映蓝天，驻足观望乡间的趣事
不要等思乡成为内伤，不要等雪满鬓发
你为红尘的过客，我俯就日光
安做身轻气香的当归

腊　八

腊八如期而至　梅树开花　满枝碎雪
梅的暗香让人想起又忘记
流光如水　雪拥墙砖　天寒地冻
这一天是喧嚷时代的一记梦痕
与不紧不慢的岁月、躲过惊涛骇浪的昨日
加进爱和太阳的明日没有区别

雪映之下，没有缱绻的歌，没有临别的话语
我在风中时而一抖，模仿一个低头的思索者
闻着糯米、红豆、花生、红枣的香气
体味着冬日的温暖，凝眸窗前至纯至洁的寒梅
雪落无声，热粥暖心，我选择以酒温诗
答谢普通的傍晚，答谢风中雪起的腊八

流　水

你用一生的漂泊，搅动起干涸的河床：
在传递爱与关怀之前，坐望云窗
当蛮悍的墨色与风的虎威相向
你走下云的纱帕，走入馨香的红尘。

从偶然翻开的书卷中，坠去静默的风景
柔弱的它，如玉般光洁
羞赧地蜷缩在山川、旷野
摆过两岸的柳色新新，轻轻落入我的掌心
随后散成泡沫，浮生若梦。

雨滴落崇山峻岭，如我提笔盈泪
狂草过尘世、万物，与天下众水相会
饮风而歌，与诗人融为一体
只因一个简单而纯粹的愿望

一身清亮，注入沟渠、清冷的水涧
寻寻觅觅，交汇、分离，不知疲倦
一路蹒跚，征服屹立的卵石
推开山岳的窗户，便是蓝盈盈的海洋
在阳光的照射下，映绿草木，滋润我心

书院桂香

秋凉里出浴的桂花树
暗香盈动，每一个从树下穿梭的人
都嗅到了沁人心脾的花香
溪涧三千、天地宽宏
桂瓣随风飘落
下满视野、下满大地
一如从书院走出的文豪、名士、学子
开枝散叶，遍地芬芳

月光悠长，洒在书院犹如天赐的净水
年年浪涌的桂香
含着掌灯夜读的寒窗士子一生的梦想
人生不过百年
但书院的桂却印证了千年中国的翰墨飘香
典籍传袭不止

桂香胜过老酒，未闻先醉

今生有幸坐书院捧卷夜读

从心里来相承这古老文明的一脉

赤 豆

杯是空的，寂寞深深种植在心

星是黯的，所有的梦都堕落一地

月光装饰了窗棂

你在同样温暖的春夜

装饰了他人激情的人生

我把紊乱如雨的心事与相悖的允诺

在一盏微火里凄楚的揭穿

月光无心，影子无言

捧起一把艳红如火的赤豆

用手掌轻揉，双眸转红，泪洒衣衫

以我相思的哀愁与清水，煮豆疗饥

赤豆在颤动的火苗上翻腾，心内陡生激荡

带着情愫的寂寞，频频凝望

锅底，熬成严重的血伤

请收下我因痛决堤的眼泪
与缠绵成糊的赤豆，凝结成古丽的相思曲
与夜夜期盼的爱慕，滑落一行行忘情泪
温暖又馨香的赤豆泥
让思念浸润在凉如秋水的月光里

云 朵

天边醉卧，是你们未曾见过的云白

是我笔画中老去的衣衫

云下驻足，会看到那奔跑的朵云

那朵朵云儿，像情书，像干练的野狼

随一缕风掠过西双版纳

映山映水，变幻着姿态

在天边、在大地之上成群结队

站在地上，仰望云的风度，动人在天边

追到天上，云朵匍匐在脚下，煽起我的狂想

云朵肥沃，云朵绵顺，像极我们说过的情缘

云起云涌，在傣语的温暖中一点点蠕动

一寸云间，一方诗界，

这云朵到底有多挚厚？

应该怎样才能与它进行哲思的对诵？

洱海的影子

把影子留给洱海，把敬意留给苍山
湛蓝是洱海的豪爽，挺拔是苍山的美赞
水与情远去了，荡漾成了海
干净的静月停泊在段誉的手掌
也贴在我的嘴唇，注在女孩的窗口
炙热的情爱在洱海边来来去去
喝完一场轰轰烈烈的酒，再抽身离去
把潮起潮落的水花、精通琴棋的女孩
把水鸟、月光、星辰都盗走
把她的柔软、亲和、善良记在心口

今夜我心潮澎湃，与洱海为邻，与苍山结为兄弟
洱海是浪漫的，把夕阳放大到羞涩，直到山外
放大田边农人禾锄的影子，放大开心与快乐
放大月光的皎洁，放大她的一颦一笑

我去洱海是因为我结起一团希望

我去洱海是因为那里有我今生另一半影子

我去洱海是因为无法言语的向往

希望每天的清晨都感受到阳光的温情

希望每天夜晚都有难以忘怀的浪漫

蓝 之 海

浩瀚渊深的湛蓝，沿岸搁浅出洁净的贝壳
洪波涌起的清蓝，动荡来来去去的旅程
偏爱盟誓的蔚蓝，追随夜晚皎洁的净月
口述传说中的深蓝，放大诗歌里的浪漫
海鸟踏浪放飞理想，穿行在蓝色圣海
子夜可以搁在枕边的，有什么比海上雄风
吹拂橄榄树更畅怀？子夜可以徘徊耳畔的
有什么比缠缚三亚的渔歌更能解愁？
我曾经放纵笑语的故园，是艨艟巡游的钴蓝
是这贡献出海盐的这片海洋
在艳阳的注视下，在渔民的祈祷中
海洋荡起苍老的波纹，开始放牧奔波的鱼群
搬运珍珠与珊瑚，遗宝与水藻
海之仁物，造化而无私，壮阔而铿锵

三亚，我渴望从一枚月亮的光照里

送来，对你的问候

渴望在波浪中驾驭自己的灵魂

渴望巨鲸温驯地领我涌入奇迹的海洋

奔驰自由的海阔，满足我的激情

寄托我的梦想，且让这无尽的海天盛宴

令我风中狂歌，唱出心中的欢乐

且让我在海洋的背脊，在软柔的沙滩上

静静探访她提起裙子的美丽，仰望她洁净的面庞

跨越整片湖蓝，在波澜滚动的声音里

把她抱起旋转，让她轻盈如初

让她的美丽高过天边的月亮

柔情浓过令人陶醉令人惊心的浪漫

苍　山

我对水一样质洁的事物，颇为敬意

云山苍苍，嫣红的花粉浸染山崖

下关风巡行，草木的摇摆带动我的呼吸

山川溪流相激的声音凝动云南的方言

洱海泱泱，鹭鸶拍水，苍山的肌肤

在洱海里透着光泽，满目的温润

身上滚动起比湖水还深邃的爱与风情

荡漾了今夕短暂的幸福，荡漾了我闪烁的往事

荡漾了情人秘密的低语，荡漾了雪月风花

荡漾了我饱受压抑的激情。

日月明，你影入心

苍山是你，扑朔迷离是你，情绪不定的雾是你

是你啊，用足印书写云南的赞美诗

是你啊，用星眸比过木婉清的温柔

当猎猎经幡吹动，你起身歌颂阳光
记取山脚每一句告白，怜惜每一朵浸红的花朵
我爱苍山，甘心被苍山的精致所倾倒
为你的美丽而折腰

怒　江

我总是猜想怒江的流势

水色浊黄，涌动起两岸的山峰

惊涛顺着黄昏的余火奔腾而去

灿烂的气势渗进两岸的松林、岩石

描红了怒江，也烧红了我的脸颊

渔火明灭，浪花开谢有致

怒江在神庇佑下浑厚地翻滚

明鉴由怒族民歌浣洗过的蓝天与彩虹

潮起潮落是对彩云之南的痴情

奔流不息是对如雪的月辉最真诚的告白

绵延不息是对万道霞光的千回诗化

走下飞机，奔去低吼的江面

芦花在怒江边结霜，江水在月的粼光里优雅

暮色里归途的我

迷恋着引我希望的姑娘

迷恋着潇洒如风无限热爱的怒江

迷恋着她那迷人般天籁的歌声

迷恋着我将要寄宿飘香瓜果村庄的云南

每一卷翻飞的波涛，都是她采下的云朵

都在我的生活里构成了走下去的力量

怒江，在你的体内住着我的天使

让我久搁于心的渴盼有了希望

放 生 池

阳光畅行，鱼水从容
一身清澈，与迁缓的乐音和弦。
绕着清风、竹笛的轨迹
在听不懂的颂美声中，来回游动
鼓一声，木鱼一声，钟复一声……
鱼儿跃身于水，发声吐寂寞。

我默立止息扰攘的放生池
读懂了游于清寒、厌于一池的鱼儿
可以清亮一世，可以在静定中修行
却不能在春天的快绿中自由迁徙
每一个放生池
都不可抑制顾盼人间的惦念

七 夕

今夜，爱神星空恋歌

群星眨眼，草色晃亮

爱的鹊桥悄然落下人寰

那雪白情笺上的她和他

在甜蜜的欢愉中舞动

串串如铃的笑声，在葡萄架下绕飞

飞吻夏日，飞来罗曼史，寻求弄笛的侧影

年年七夕，爱的长河似流水不息

摇起爱的船，船划西子湖

划去月后的车驾，陶醉仙灵的妙音

划去以传说镶边的天河

看牛郎握耙翻耕，赏织女锦簇的彩云

我摇桨敲醒晶亮的星河

她在快乐的殿堂里梦寐

以后的以后，七夕依然美丽

鼓浪屿的琴音

犹忙于朵云之下海路之中的三角钢琴
微风碧浪，心情激越，歌颂着你的美
延展出情切绵绵的动心旋律
向上蹿升，欲揪天空的脸
穿插出细沙的摩挲声，与岛屿拍肩
那绵柔的琴音，在浪子的双耳喧腾
那澎湃的力量，吐出路途曲折的积怨
让他们紧闭双唇，释放泪水，绽开心房

你是我们衷心赞叹的天籁和弦
以毕生的热情，转折风霜烈焰
拥抱每个游子的名字
以知音的姿态，化解海风恶浪
聆听段段悲伤的憾事
在令思绪澄净的异乡，在通向明天的海岸线
让他们每天拥有暖暖的微笑

杏花村：空长廊

芦花飞白，暮烟寻找乡愁的寓意
夕阳在渐冷的红尘，捧读河川犹在的温暖
趁枫叶犹醉，清酒未凉，豪情犹存
倾听寒风的催促，近看一潭粼粼水波
等客，在夕阳陨落之前，悄然离去
风把白墙吹凉，留有余温的廊椅，候光阴苍老

前方烟岚漫溢，寒风习习，林木萧疏
夕晖之下，此刻清寂，落叶归尘
长廊空荡，承载着太多过往的热情
承载着太多的渴盼与等待
长廊在日升月朔的渴盼与等待中
完成对故乡的注释，时光不老，乡愁不散

屯溪老街

常常脑中生景

时时眼神扫描

徜徉街边陶醉

傍着老街的江

一帘遮尽风流的乌篷船

轻摇新安率水，水花掠荡

荡出桃花、驿站、古雅的旧民居

咏唱出青石陌巷、柳影阑珊

形态文雅的"屯绿"，回味绵长的"祁红"

翠香四溢的饼，文人墨客的宝……

道出这条街的沉稳深蕴和深藏的典故

历史不断演绎老街的节奏

让人一笑踏亮隔岸的灯火

摇橹江水生香

寻觅在魅力屯溪，诗韵江南

领略时代变迁繁荣更盛然古风犹存的街巷

摩挲从历史的深处存留的印象

遥想先人为生活肩垂明月，身负行囊

至夜回返，推开依街的房

放下飞翔的累，卸下奔波的忙

仰 天 堂

灿烂如梦的早晨

在桃花已翻红的时节

沿着书中抒写过的春色

带着拳拳的爱恋

欣赏被秋浦河环抱的玉屏峰

攀爬云烟萦绕的仰天堂

坚信仰望，可以明眸

贴近峰顶，可以净心

登高处野游

一程山水一程歌

从李白诗句的缝隙里

拾起所有的花朵沿着山路满坡地撒

阳光仔细地临过原野

看自由飞翔的黄喙黑燕

观河里划动红蹼的野鸭

望披风袅袅爬升的炊烟

满眼都是落在人间的幸福

满心充盈花开盛世的馨甜

仰天堂上流云诵经

仿佛尘世甚远

秋浦河畔，风轻催帆

就是今生彼岸

水一样的江南

是你永远幸福生活的天堂

我爱乡野

重返乡间葱绿茂盛的田野

犁耙翻耕，悉心播种

掏空心内的躁动

抛却沸水般滚烫的欲望

与每一朵花

与隐居山野的茶

与大自然结伴

在田野里播出一季收获的希望

乡间飘着的炊烟

行走在枝头的盛夏蝉鸣

引我进入舒适的睡眠

繁星点亮游子漂泊的眼睛

一串串逝去的梦想

在白昼辛勤的劳作之后

卷走昔日的无眠

留下深藏在心海里的爱

汇入无比热爱的院外丛林

待凉风掀落花事

果实就会在泥土、草尖呢喃逗留

亦让所有的心事在细语间汇入山川河流

友情桃花潭

潭水流急，搅拌着映入潭心的云朵、山峦
浪游的萧声自远天排云而来
依白墙青瓦、十里桃花，和着百鸟啾啾
盘绕在诗兴浩荡的桃花潭
谪仙与汪伦在万家酒楼击掌而欢、一醉方休
饱受压抑的诗情，在心底发酵
沿着醉倒的美酒，涌去古玉一般的青弋江

当太阳越过山顶时，风来柳丝飘动
他抽离昨夜的酒意，从诗里撑起轻舟
用文字做的弯曲钓钩，咬上山水的秀色
把细腻的友情和桃花酒叠放进腰包
客船离岸，挥袖相送
情意款款，踏歌声声，朴实无华
一首唐诗，把友情唱成了绝响

把桃花潭的秀色与汪伦的望别

紧密的，相缠在历史的画廊

山水诗韵

黛山坠画，河水酿诗

因诗词寻梦，为善水狂歌

阳光的金波，闪动过石楠的腰肢

一支船桨，拍起翠鸟的喧噪

数枝柳丝，送来和畅的惠风

遐思的女贞，流连春天明亮的韵脚

随流荡的风、穿行泉溪的和弦

攀牵起水遁的酒壶

借主宰幸福的春天、游弋的谪仙

占据巧腕下那匀匀墨香的绝句

燕尾剪风，杏花飘雪

诞生柔婉的爱，诞生如诗的浪漫

在新枝，在山林洒落芬芳

在幽谷，在人间豪放衣香

流连水花织梦的秋浦河，与幸福为伴
相拥流金溢彩的万重山，和星辉交织
顺乌篷船的故道，吻遍回乡的行程

前方，似有豪放而温情的诗吟
溶溶的柔波里，该是谁的召唤？
哦！它远离我却又接近我
在舒缓的节奏里
摘一朵带笑的杏花，携一壶醉人的美酒
把永远的欢乐、诗的情愫飞荡四方

春游浮山寺

撑伞躲过浓烈阳光的洗礼
轻软的脚步踏踩褐色的石阶
我游走在花香溢满春天的幽境中
背后，流水与岩石淋淋相扣
忽闻清清的笛音
漫出寺院，穿过金阳，嵌入碧空
抓住我的耳朵

风吹过，山岭的阡陌在花香中打坐入定
禅院浮在冷翠的松涛中，墙角牵挂着紫藤
飞燕把一季的光艳放满寺院
院内，尘世寂静
庄严之上，沉淀觉者的淡泊安宁
院外，万物皆动
浮山之下，叠加春天的明丽盎然

杏村十里

微温的风　拥歌春岸

杏花在情与爱的流年里

绽放梦中所期的绚烂

在爱恋的某一情节中

一仰十里芬芳

徜徉杏林如临花海仙境

伊自婷婷

几微笑容缠结两寸温柔

昭明与否？杜牧与否？

杏村十里　柳浪莺啼

失了伊在三月泠泠雨底

泪珠在眼眶中闪

爱与暖也瘦成船去的一道水纹

绝句在旋舞的江湖中伴随杏花飘散

春晖里的火车

一灯如豆
一线在手
脚踏舒适的鞋
身穿温暖的袄
串起游子永恒的念
那车站售票的窗口
是慈母穿线的针眼

春晖里出站的火车已疾射
原野里的景因伤感而后退
踏上征程的我因思念频频低眉
火车疾走
载不走我乡音难改的方言
载不走我岚夜哼唱的童谣
载不走临行的牵挂和门前的一帘山水

芦花雪

芦花雪，下在了故乡的河岸
下在了我留恋的风景地
无边的瑟瑟芦苇、荡荡洁白
满了视野，覆盖了你我身影

母亲宽容的安慰
如芦苇纤瘦的筋骨
把我生命中的诗缕缕挑亮
当朝霞喷薄
我翻去高山的巅峰去吟唱
芦苇在风中轻扬
苇叶苍苍，穿过千江万川
如母亲抚摸我那瘦瘦的手掌

此刻，闭上双眼、静听芦花喧响

我走不出你灿烂的微笑

你也始终占据着来自异乡的满满牵肠

此刻，朵朵流云似千匹白马在天空狂野奔放

芦花雪，在风中轻扬，在水岸守望

在我的梦中渐渐清亮

掉落的星

夜已微凉，和你遥望闪烁的星空
你用手轻轻指，那颗星好美。
你说，那颗星子像极了可爱的你

星子，在滚滚的黑夜笑着。
瞧，竟是如此动人，如你
伶仃，高挂在天上泛着银白。
风从地上的林子吹了上来
星子柔软的随风左右摇晃
着了那簌簌的一阵风，落在地上深睡

盼　爱

曾经拥有的爱如浪卷被水流带走

泪水不再，希望仍充盈着生活

窗外星辰零落

捏针起落，又绣出欲语的流水、铺锦的云朵

月华划过窗花，一灯一线一盏微火

漾漾的杯盏，倒映着流盼的眼波

风的清，月的美，溪的浅

渴盼捧握一束玫瑰的人

重拾长发及腰的缘分

回　念

当泪水反射出一闪即逝的脸庞

回念枝上放出的甜美花香

回念月落半壁的冰霜

回念窗下摇曳的烛光

回念她失落的烂漫、如同鲜花般的笑容模样

回念一眼，把一朵花，把我的爱人

从喧嚣的都市，从静谧的楼丛亭阁

忙乱地放在我的字里行间

将回念的一朵瓣红，存盘去心海

欲 雨

我独握一只空酒杯

逃逸的双眼，屈从日渐干瘦的沉默

燥热的身影，在时间的锋刃上瑟缩

疑为潜伏了一季的烈风，凌乱了我的头发

暴躁出似血肉模糊的泪水

锐利的弦歌，一唱再唱

苦情在酒吧里来回摆渡

酒后走笔，潇洒里搅散恋爱的片段

语词在蓝色的纸上辗转，在挽歌里落地

从空酒杯的玻璃肚里望过去

流窜的清霜，与天决绝的闪电

揭开事情的真相

一场辽阔的，无心无欲的雨

砸开无数男女的宿命

落，落，落，再分散

楼　兰

月亮的光芒插满你如缎的长发

泪水沿着你咏叹的路径轻轻滑落

如穿过你我青春的倒影

驼铃隐隐，火焰让我们温柔的心

在漫漫寂寞里怦动，在蓝绒的夜幕里永生

明又益秀的水，为我们保留了几钱月光

灵动又鸣响的山，为我们抵御了豪阔风沙

风中遗有的絮语，是把楼兰唱醉的歌谣

是你一喊我就脸红的幸福

当我们穿越丛红的柽柳

在荒原之上，在繁华的蜃楼，笑脸从容

把心底的欢喜，下满枯黄的大漠

今夜我们在西北除了抒情

还要听楼兰新娘凄凄的彻骨苍凉

趁沙漠深处的楼兰还没有拉下闸门
骑上沐浴完毕的烈马，携带纷繁的故事
结束漫长的暗夜，拥戴随后的初升暖阳

水 与 茶

如果我是滚沸的开水

你是为了友谊而存世的清茶

那么你的清香孤傲、甜淡如风、翠绿如爱

你的回味绵长、形态文雅

必然依仗我那一颗跌宕涅槃之心

依赖我那沉静依然的平实魅力

我且送你七分满的沸点与欢腾

三分不落喧嚣的风华

窗外竹林绕绿,清花含苞

案头小灯鹅黄,伊人手温如春

你借我澄心,我让芽叶干皱的你

在蒸腾的氤氲里,舒展出柔和润泽

灵动又生慧,激烈又纯真

我们必须在人火烈焰的灼烧后
共同感受高温带来的痛与乐
彼此才可交融互鉴，耳鬓厮磨

一缕清风来访，禅乐在耳际萦绕
薄云小雨，你我在茶盏里情高意真
悠然心会，杯壶中与你缠结、凝眸微笑
不管你是怎样的缥缈、无声中沉落
还是随着沸水而沉浮历练
你终将在欢乐之余，飘渺之中
亲近于我，以爱而依归

茶香清幽，你苦，如人生，人生亦若你
在水深火热里引人追索，引人体味感悟
你以清心的苦味，适意我心

那翠玉般的茶色，苦味纯浓，睿智醇厚

将是我人生中的唯一印合，灵魂的伴侣

舞　蹈

在月的慧眸里云步
在两棵孪生的树影中旋转
隔着无关的尘世，在地板的掌上
跫音格外清晰，如此沉重
一步一步从等待的泪眼里走出
踏着的是一根根软化的骨头
坚信第一个执念，身迎第一场雪
哪怕风猛叩额头。在月光底下
一隅芷草旁，音声已远
含笑的脸在众人的惜惜声中
踩着蟋蟀的鼓点，翩翩起舞

心向大海

你背向沙岸仰望水洗般美丽的天空

海风撩拨着长裙上绣着的蝴蝶

坚定守着海岛

酌句大海湛蓝的诗篇

风绕海角，送来儒风如美酒的香醇

风吹天涯，吹出椰树遮阴爽透心窝的蔚蓝

大海看得见你的坚韧

海水映衬着你思绪的活力

岁月诉说着精彩

歌从海蓝来

我在策马追月的草原和歌驰骋

远眺天涯之处荡漾的烟波

渴想能够抵达

与你靠着椰树拥抱

相诉长久离别之思

畅谈你我的心之所向

定有时接你从天涯到草原种植幸福

信马由缰，共同经营不一样的草原青浪

万物的烟火

卷二

大堤灯火

最难忘，疫情横扫时，灯火扫阒寂

令我们日夜鏖战、激荡斗志的

是疫情的生死阻击战

如今刚击退病毒

黑云又将春天的家门敲开

暴雨南北拉锯

江河喧嚣，洪峰不期而来

山河失重，灾情已遍布大江南北

灾情就是命令，大堤的灯火亮了

湿漉漉的夜

堤上堤下到处都是警惕的夜之眼

在危险重重的堤坝战位

与洪水较量的是日夜坚守的群众

还有猎猎的党旗、鲜红的党徽

更有人民子弟兵和志愿者的刚劲风采

雷声隆隆，吓不退坚强的勇者

奉献大爱，把洪水阻挡在大堤之外

大自然的灾难

让勇敢的人执着地托起黎明

在滔滔水浪中搏出抢险风采

擒住洪水的咽喉，摁住巨浪

就是爱护人民、爱护家乡的生命相挽

给我们最深感动的是那盏盏灯光

风雨中闪亮，指引奔向险地的步履

危险中坚守，温暖人民群众的心房

大灾过后希望灯火一直闪光

重建家园时能借助你们强大的能量

父 与 子

只有得到父亲的认同

我的身躯才更加挺拔

1998 年，梅雨季节

日历上的每一天都是浸透了雨水

电闪频频，大雨从天空中倾盆而下

洪水肆虐江淮大地，堤坝面临溃堤

当街道成为划船的水路，村庄成为岛屿

我在洪流中得救

被抱起的孩子

稚嫩的眼神恋上迷彩的神圣

此时父亲肩扛装满砂土的重袋

正在溃堤之处，守护山河，守护家园

事后感激的泪水从脸颊滑落

湿透了父亲的胸襟

父亲讲给我的故事

久蕴于胸，每每动容

2020 年，我承传了您当年的豪气

洪流之中

穿上童年追赶的梦幻迷彩守护大堤

肩背上脱落的死皮

是烙在我身上的军功章

手掌磨破的水泡

是我人生中最伟大的纪念

挡住洪水的恶魔

撕开黑夜的帷幕

实现幼时的誓言

在洪流之中，在水的边缘

与父亲一样挺拔，得到父亲的认同

是为家乡安澜，是为亮丽的青春得以续延

伶　人

红粉乱世，从不能描摹的痛苦中开始
她穿上云和水，穿上自己的行头
涂上粉墨，水袖掸拨，今夜寂寞辽阔
在别人的故事里忍住百感交集的泪水
不能描摹的痛苦从彷徨孤独开始
不能描摹的痛苦从回头皆幻景开始
不能描摹的痛苦从无尽的歌吟开始
牵挂着明月泊屋檐、梨花如覆雪
揪心因思念而朦胧的泪眼

酒痕在衣，戏以心来和，曲以情来磨
锣鼓若干，朝夕不断
衣裙藏云影，浅浅地喜，静静地爱
清喉道昆曲，幽幽地唱，洒洒地舞
脱下水钻头面，脱下全身闪烁的衣翠

脱下描金粉绘，纤纤舞腰风靡世人
一朵笑脸，和着莲步踏过无数失落的薄影
是城巷少年苦苦寻求的绝色
霓裳拽地，环佩琅琅，掠开月光的碎冰
她微微俯身下拜，令他脸颊布满欢喜
不等来世再相约，今生以爱相和。

让我打开窗

月明星稀，城市的一隅

当我打开窗，我希望泪眼似的星光

变成鼎沸的人潮

日月如流、白云如絮

风和日丽、春光无限

当我打开窗，我希望如诗铺叙的万里长空

变成阳光的波涛

清波向我、琴音唤我，近谷无霭、远山无雾

花朵绽放掀开城市浩荡的春宴

喜悦淹没你的细语，散发你我情感的变幻

让天际堆垛的云，让阳光的一掌手印

让吹拂心胸的一阵清风，让诗意依随的细雨

让花草的每一味香息，让你我沉醉的几盏淡酒

都点点洒洒在人间

最美三月春风至，遍地行花令
开窗已见街衢洁净，悲伤已清
万物凝着露珠的慈爱，倾听春天呼吸声声

希　望

夜雾苍茫，武汉的街灯落向幽邃

一如长夜中必经的晨暗

潇潇的生命，正赴一场蹈火之路

仿佛是一串甜涩交复的念珠，挣扎又艰难

忽落忽歇的夜雨默默堕泪

在水镜上激起消隐山河的冷雾

苦笑如絮雪，洒落在城市锦绣的设局上

枕着落寞，饮以涕泪

窗外有雨，寒风不羁

但拯救生命如此迅疾

今夜他们从风雨中来

穿过皎洁绮丽的除夕，越过干涸的许愿池

救死扶伤为誓，温如炉火的爱为念

奔赴的身影，在轻烟中在雨雪严寒下

教奇迹如霞光，把天空照亮

这是希望之光！

期待武汉坚强！中国坚强！

致敬钟南山

云黯江城，雨送忧愁

武汉紧急，使命呼唤

在举家团聚的除夕，放下节日的欢乐

迎着雨幕，驰过重重隧道

穿山过川，急驱九百多公里

用至诚的信仰、不怕牺牲的精神

访病发区、入病房，甄别疫况

用铿锵的语言，定性疫情

用智慧的力量，指挥疫战

八十四岁，耄耋之年

流转出眼里的热泪

梅开沉重，雪满襟怀

写就出沉重的诊断

灯下白发飘，愿以精湛的医术

解一场险难，唯山河无恙
待大地春归时，扼住病毒的咽喉
让灯火拨亮黑暗，光明狂炫人间
希望人间皆安，春光落满江山

逆　行

珞珈山的樱花，正期待着冬去

喧嚣与都市隔离、节日与快乐隔离

雨滴在衣，碎裂在耳

洒落在楚河、汉街，将天空织成空濛

嘶吼的风搅动慌乱的心

冷雾围城的黑夜里，病魔缠绕的忧伤中

恐惧倍增，人心焦急、盼望

来了，白衣天使们逆行而来

滑动的机轮碾碎了飑动的雨雾

身在云层上颠簸，心向着幽灵宣战

和风并行，已许下铮铮誓言

不见销烟，却是逆行勇士的战线

越是危险，他们越是勇敢向前

逆行在病区，漫漫长夜中奋战到晨曦

脸上的印纹是救死扶伤

痊愈每一颗受伤的心灵

送人们一个明媚春天的最好纪念

我心祝愿：祝病区的人得以身心安健

祝逆行天使们能报捷凯旋

祝祖国在历经风雨磨难后更加弥坚

葫芦丝恋歌

当你真正地爱上一个人

这霞光灿烂、这情不自禁的凝望

这天籁之音——都是她来过的见证

当失恋的泉水饮得我是一醉难醒

听到葫芦丝的声响

有如透过月光与她相望

她给我的心以安慰

一想起就怀念

怀念令我心悦的情和她芬芳的名字

怀念向阳的云朵下难以释怀的笑脸

忘不了在神奇的热土之上种种温情

忘不了那夜与她同游之后相依之恋

我需要你，正如跟着河水流去的游鱼

需要无拘无束的呼吸，吐露不为人知的烦恼

需要她成为梦中洁白的新娘，需要内心惊喜

想了无数日，今夜我满怀热情

去跋涉，去等待绿孔雀开屏

在我最思念的地方

从桥上走过，返回溪水、雨林

在香馨的风中，迎着从葫芦丝音中走来的倩影

伸出双手握住迷人的温柔

寄托我的青春，寄托凤尾竹的爱情

丽江情话

（一）

我在丽江的空白处，喝醉了就吟诗

无所事事，只是等着

南诏的风穿行人间，大理的花各显娇妍

亮开久闭的眼，用羞涩的眼神与你交流

月亮在前方领唱，多情的雾，多情的云

塘塘垂柳随风飘浮，家家流水水清见底

那装饰门墙的匾额楹联，安置典故的碑刻条石

在纺着欢愉之歌的滚滚水车面前

不经意间交换了眼神、交换了孤独

此生便情有独钟

（二）

鱼嬉水，水藏鱼，追风逐浪

朝着爱情的源头和天上人间去了

柳在风中舞变，心轻盈如歌

我们在清风流韵的木府宅院偶遇

心底暗自轻许你是我今生不变的爱恋

你的眼睛有阳光溢出来，照天照地

照出我心悦你，只是因为爱

这一场的相遇让我充满了惊喜

你一笑，让我甘愿奉献自己

用尽所有的等待，抱紧后永不分开

（三）

阳光照射着大地，草被风宠着

蝴蝶吻着花蕊

盛大的美丽，缘在大理

让我们不用在情歌里孤独地滑过

不需要再固执地坚持自我

我们是一束阳光，是落在肩头的蝴蝶

就是陪伴苍山的花草

就是被阳光撞翻的晚霞

就是这万千美好，天天绽放的撩人春色

河水的秘密

来到云南，辛酸的眼泪洒在了路上
彩云之南，让我紧张的心不再迟缓
绚丽的彩虹汇入澜沧，孤独隐于江水
四千八百公里的诗行将一轮皓皓的月托圆
该用什么样的标点才可以停顿穿梭的雨
触摸南方以南的神经？
该用什么样的标点才可以迎来喧闹的手鼓旋唱？

来到云南，山河远阔，会心一笑
是风、是浪花，牵走傣家的水、汉族的胸怀
纳西的乐舞、佤族的轻盈谣曲……
汇入老挝的升空烟花、缅甸的静谧悠闲
泰国的禅愿文化、柬埔寨的佛光花影

来到云南，醇厚的古茶馨香入心

沉溺的檀香一闻痴迷

澜沧江洗亮山川

也在我的心海奔腾、激荡

仓央嘉措

布达拉宫独点亮那一盏温暖

殿堂之上势必有梵音潜梦

势必有欲说却无从说破的情感与酸楚

势必站有一个对佛执珠的情僧

酥油灯温暖不了以心裁剪的情爱

酥油茶挽留不了执意远去的真情

流水在暗夜走远，雪野在婆娑中变轻

灵童转世，灯盏如昼处冰霜一世

经声迟缓，摇转经筒　时落满苦衷

笑声超度山水，跣足踏起一生的因缘

听琴知心在青海湖，爱而不得在青海湖

我在阳光下升起祈福宝幡

默然欣赏你在殿堂用思念冶炼的情诗

默然欣赏天边那淡淡徘徊地的温情

在昆明，我能做些什么

来到昆明已有一段时间

天天见有人在对景涂鸦，有人在阳台眺望

饮酒带有醉意的我

在昆明是否有云有月，已全然忘记

无人诉说，我能做些什么

只得坐在软椅上，构思一首诗

想赞美一下漫长的时光和蹬上窗台的猫

蝉在掏空窗外的天空

想一想从前的甜

数一数云南的云

想不起应该找谁说一说话

好像有人在看我，好像有人等我离开

而我在昆明什么也不能做

继续着无聊的一整天

在昆明我决定什么也不做
只留下诗的蜜，记下快乐起舞的片段
在有很多人的时候选择沉浸于云
在一个人的时候选择放声大笑

白 蛇 传

我多么渴望轮回早点到来，无限眷恋
湖心波影里荡漾的白堤短亭、杨柳飞雪
缠绵我心头的那一段柔肠

微雨如有意，西湖如有情，让光阴变幻
我清瘦的颊骨上，披挂着心事重重的雨点
把所有的痛，今夜都痛完
今夜无伞，雨正浇愁
无人劝酒，只有我一声叹息
静场是无人可解的密码
缘分是命运相依的联结
并非有意，实属无心

雨水点读着青山，雷峰塔里的故事千回百转
我在柳浪闻莺处暗想：

因我的错失，你的快乐断落成灰

因我的懦弱，虚构的悲剧已成现实

因我的情缘不绝，分寸间将你折进另一个陷阱

我们互相宽慰寂寞，我们互相抚慰孤独

我坐堂问诊，你铁杵捣药

你是我一生无法制止的牵挂

信那一张游说的面孔

佛号若隐若现：人妖不可通婚

我一记寒战，法海看穿我的痛与挣扎

我选择一杯雄黄让你现身

我的羞愧已落地无声

暗想曾经你我紧紧缠绵的柔软

如今你的倒影有变，我割碎了往事

避去金山寺，任凭你泪水模糊视线

任凭你水漫金山

我把执着于爱的娘子

逼成毁田淹山的肇事者

雷峰塔外扫落叶，等到某一天，你悄悄归来

世间的人啊，倘若你们是我

你们对娘子的变身，如何处置？

是再苦再难都不管，携手家归？

还是剥去她体内仅剩的一点希望？

如果你是我，请为我抹去从前的痕迹

为我流一次热泪

如果你不是我，不管地覆天翻

烦你带心中不安的她

从只有痛和空白的雷峰塔上下来

一世安好，照顾好她

恋恋荷塘

船桨摇清波，摇进水的窗
摇进仲夏里片片绿叶装饰的童话荷塘
打开相机，用莲花的彩来记录那荷的梦
拨开荷叶，把水色的清去映照这脸的灿

夏风送香，万分馨凉
脑际已忽略了生活中的烦
凝视莲花，水润的花蕊
让人感觉从未有过的镇定和淡然
置身在莲花掩映的荷塘
不说短暂，不说忧伤
以水为路，以叶为帆
在蛙歌声里品清香
微醉绿红，碧水洗肠
愿塘中伞盖如床，粉莲千朵如帐
伴我夜夜进入美好的梦乡

九华山——"非人间"

岩壁光滑，"非人间"在人间

仿佛在向我们投放巨大的惊诧

不知是不是唐人行文点墨

宋人顿首山水时遗失的笔画

阳光的旅途中没有人考证猜测

只是被诸多好奇、猜想的目光簇拥

引颈仰望时，总能感受他的神秘镜像

石阶斑驳，通向"非人间"的禅之磁场

亦步亦趋皆人生，拾级而上是灵境

动静皆生慧，停行都安然

僧人构筑"非人间"，心中无尘心自安

你我在"非人间"，参悟一静二缓三谦让

听晨钟暮鼓，内心坚定

有才而性缓，有智而气畅

祖 国 颂

我常想把奔腾的江河嵌入我的文字

但是，不知怎样去表达这火般的挚爱

在音符上狂奔的河流一唱再唱

这载着忧喜的层层波涛怒奔千里

别着赤子的拳拳眷恋，吟唱一首首追梦赞歌

我常想朝多情的土地抒一首赞歌

但不知怎样去表达这火般的挚爱

她美如星子的眸，泛着温暖的亮光

一路轻软的笑，一路希望的歌

酸辛中充盈着坚强，挺过了沧桑的岁月

驻守光辉的信念，保持着东方的傲然

我常想在暖阳里收获金黄的硕果

带着艳丽的笑窝，品啜每一杆甜蔗

追寻至爱的村庄

走近水墨画里的江南

惊飞盼归的鹧鸪

凝望麦香的田野

梦里依回的芬芳

像朵朵流云，飘戏于泼蓝的天际

阳光的柔波荡漾我的心窝

我常想领略前尘雨韵，游赏仙山胜境

吟诗人的豪情，谱三分剑气

古老的雄浑在多辙的苦难中，昂着最高贵的气节

见证如晃的侠影，宽慰吹白了的乡思

承载一吼而满目的泪，熨烫温情的厚土

我常想踱着诗韵情愫的节拍

在朝雨轻尘的渭城，漫步新泥

轻过客舍前柔情杨柳与蓓蕾

逆风登临梦也梦不够的巍峨长城

北望载事成篇的万里的躯体，

见证了可歌的崛起

叠叠卫国的蹄印，憾我气魄，

那呐喊！那啸声！

在山影，在耳际，交付于心

我常想我是青青的禾苗

在强盛的祖国

在丰饶的土地上

在绯红色的信仰下

在你的荣光中

结出金灿灿的果实

圆我绚丽的梦

熔　炼

齿轮的交合声含混而沉闷，力量微妙
坚硬的物料，在旋转的设备里轻盈翻腾
试图混合而熔炼出矿石的精火
这是一次庄严的长途旅行
就像是向海的江河，矢志前行
在探索中逆火而上
渗透梦想的地图，抚平来路的跟跄，
在七月的热浪中
在岁末的寒雪中
焕发出金属的光芒

微弱的声音，在火尖上挣扎，痛苦而绚烂
崎岖的内心，在火光里低吟，快乐又升腾
挺过甘苦是成功的必然
漫长旅途的一万次淬炼

就是一万次的转身，一万次的升华

当云散后阳光在你的脸上涤荡，你一笑而过

沸点隐退，光辉夺目

唯有痛苦中的期许，才喷薄出峥嵘的力量

在极热处，在炉堂里

用熔炼的温度召唤并展示时代与国家的希望

忘 忧 草

夜色临深，楼丛静谧，心不安宁

将往事打捞一遍

引起心动、引出无声的泪

伏桌想写些弱弱的文字

可思绪比干旱时泉水的涌出还慢

脑波如窑中烧焙的瓷不停颜色变幻

想缩手回衣袖

逃出虚构剧情的光线

逃出那似曾相识又独特的故事

但现实生活中的压力让我疲惫

此时多么需要一株忘忧草

忘记风雨中的摆摇

忘记生活中跋涉的艰辛

忘记干涸的泉、忘记颜色变幻

生活还将继续

那就用忘忧草的花叶止血消炎

用星光的微温，重新感受爱与被爱

拿丝线来缝补窗内窗外的世界

希望心中的伤得以疗养

潮起潮落的人生不再遗憾

醉

我难免有些不可觉察的深情，许是你的缘故
十七岁时的含笑和颊上浅浅地羞红被唤醒
你的低语如同转辙的轱辘
汲取我心底抑制多年的真情
此际恋情如醉，你原是消除我满腔愁恨的红酒杯
把盏吟风，盏盏喝无，令我的双眼流出苦泪
我便搂着贴近的肢体醉了，醉在星子疏落的夜里
醉在灵泉汩汩的眸底，醉在你不休的娇嗔里
醉在凝香的皓腕旁、至美的誓言里

你说不许我再写尽人世的伤与悲、离与忧
你说要用深院里开放的花朵遮蔽清冷的月光
你说要用一排排斜依的相思树
不闻马嘶的沧海之滨把我紧锁
用遍布红焰的星云、玲珑的雕花小楼

月下回转的幽姿、依依晚风中的妩媚

裙衣飘飘，秀发翩翩，桂瓣从你的唇边飘落

你不管不顾，只专心用你的纤指在星辰颤抖的深夜

以黑柔的发丝把我捆在你窗前的烛光里

从此以后，我便忘了几多爱恋的风暴

随引路的流萤，栖落在垂落薄纱的沧海之畔

沉醉在你的十七岁

我如风，你如烟

遥想月楼高台上的笙箫，在夜的绝色里隐隐入醉

三　七

三个月萌芽生长
远离尘世的骚扰，尽享春光
再望七个月
被炮制取块，装进治伤的药箱
在令人心跳悸动的季节里
承受那切割体肤的剧痛

秋日午后，采药者心情澎湃
采走我尝过的悲欢和我未逢的烟雨
以火去烤虚无的命运，在烈焰中无声陷落
以水去煮深沉的乡愁，在铜壶里堕入深渊
我需要一场雨，送我抵达一方鸿蒙
平复我心底的酸辛，拂去落花

在安静的小暑，助人散血定痛

在医籍里留下一个鲜活的容颜

在郎中的指端，静静听他说："三分治七分养"

独 饮

情歌，引来满室的忧愁在呼啸

酒香，引来满坛的陈酿在发烧

掌碗，引来断肠人的肠断梦

饮酒，浇愁

饮不尽仆仆风沙弥漫的往事

浇不灭夕阳余晖下的爱恨情忧

酒气在鼻腔旋转，是醉中之乐

横笛在嘴边吹响，是酒中相思之音

天涯路长背影远，夕阳落山红尘冷

越发模糊的情

已如她的裙裾花开从风

更似船上渔歌飘散从流

雁鸣触动心的钝痛

一人对影，醉数沧桑的白发

在单薄的夜里，在烛光的跳跃中

数来数去，却不知年轮何时已流

面对一朵海棠花

雨落沉沉，海棠咽下透明的泪水
肠断而歌苦，窗后的瘦影因我惆怅：
情话的字粒，卡在咽喉，化为轻咳
六杯酒后，呕吐出梦碎的悲与忧
泪水成诗，写成花容挂在枝头绽放亮彩
许她每年可采几朵楚楚有致的粉红。

雨后天晴，霓虹灿丽，时光有序
人影含窗，笛音萦绕，漫溢梦中的蓝
风吹野花倾伏、青草繁饶，一树粉红
阳光映进她瞳孔，让我动情地回首
粉花与翠叶、斑斓的枝影，纷纭交错
海棠摇曳娇羞，暗香浸染衣袖
我擦净每一朵花瓣上的行行凝露
衬着阳光，道出每夜相思的熬煮
许海棠一树绚烂，许她一生幸福

空 枝

傍着冬日掉了叶的树

坐在水边仰望着蓝天

不知道除此之外的地方

天是否比这里更蓝

水朝归属的地方奔流

树枝朝着禅意处伸展

有鸟落在灰白的枝干上

言语二三，抖动翅膀

如枝干上曾经的花瓣

忽然振翅一去不返

扭头的刹那，枝干轻颤

让呆坐的我生出许多联想

是不是寒风把枝干吹凉

鸟儿不想驻足歌唱

是不是要等春风吹醒大地的时候

空枝生叶繁，鸟儿有依傍
目光轻转，水里似乎有鱼与我对眼
一上午，脑子里只剩下了空枝和蓝

一带一路

我伴着月亮，出离江南的家

来感受大漠风沙抚摸我的脸庞

去万里的丝路上怀古、咏叹

丝绸般的云朵拭净天空

拭净一路的风沙

我的衣裙上

沾染雁群凌空写下的几行忆兰州

接满从祁连山顶跌落下来的雪粒

从黄河的拐弯处传送而来的民歌

如古老黄河的涛声，为张骞出使西域而低头默祷

摊一张地图，跋涉沙浪波动的千里丝路

过波荡的沙山，穿越走廊，穿越敦煌

一路绵延，一路驼队铃响

驼铃摇醒沙漠的沉寂，迎来亚非欧和衷共济
蹄印纵横，驼队缓缓慢行，是昨日的西出使
铁轨交错，列车呼啸急过，是今日的丝路客
金色的秋天，挺起铮铮的脊梁
铸剑为犁，合作共赢

我往西北的深处，一路狂奔
以极致的情，竖笛一支，歌颂龙腾
捧美酒，挥彩绸，同庆七十年的光辉路
彰显大国风范，一带一路辉煌赞
粼粼黄河水，巍巍中华盛

阳光撒野

手伸进水里，揉碎那些云絮

赤脚踏进波光，逗留河水新生的鳞尾

点碎波光里艳丽的霞琦

水乡曲回，像美女的柳腰光艳的摇

如她甜润的笑，如她发尾的温柔

满溢我一河的恋意和相思

吃酒三杯，低头望水

心上婉转，彩虹静卧

瞻望水乡的风流，我心如愿

在欢乐的光阴里

沿着桃花的笑漾，当复归途

一路，顺着销魂的足迹，顺着一肩长发的幽香

顺着缓和的钟声，顺着桥与水

诉说青涩的脉脉心迹

动情地回首

祝颂久别的水乡安然自若，笑容无恙

星夜引诗

止不住的泪水让我的脸闪闪发光
盈满了星辰的夜空让我的笔沙沙作响
时而仰望，绝非是动念银河
时而俯瞰，绝非是噙满忧伤
轻轻地望一望天空，好像一抬头就可以
数清这永寂不灭的星像

颗颗星星就像露珠，那是你的眼
在遥不可及的远方，令我张望
跟着星星四处走
星光照着我，星眼看着我
满身充满幸福的模样
孤寂有星星相伴
任凭秋风劲吹，心头不颤
此时夜色变得温柔，可我们的憧憬

已随星的光慢慢发散

肢体暗自痉挛
开始思念春水杨柳风
想留着渐行渐远的忧伤
可一缕风过，神情已醒
准备迎接来日的曙光

瀑布速写

阳光喊走一片晨雾，叫我喝下一斗墨

也写不得树林深处的静谧

摸着光滑的岩壁，岩壁在阳光停驻的地方

阳光停驻在瀑浪造访的黄果树

瀑步激起的水花如银似雪

像我手脖上的银镯。造访此地

看天空天青色，目送时间离开

生命中难以承受的重在贵州忘记

在黄果树瀑布走过了一天

看着瀑幕流下的水花心花怒放

瀑布前举起湿漉漉的手

就让晚霞的光为我在瀑前来一幅速写

在 路 上

从拉萨我带回来圣洁的哈达
它是我现在与未来辉煌的梦想
把纯洁的宁静带到路上
把仓央嘉措的情歌带到路上
把幻想插上白鹤的翅膀，带进我的心路

从西双版纳我带回来一只色彩斑斓的蝴蝶
它用大爱的誓言接纳了我的低语
缓解在疾书中麻痹的手指
擦拭在故事里因感动而落泪的双眼
我把减退热度的梦想夹进了时间的册页
在路上，在矮山与高山之间，在浅溪与清河之间
在人群与车流中，穿来穿去
就像银针带着细线在飞

附录：

未来值得期待

张恩浩

　　与方严相识，源于几年前朋友的推荐。他一直称我为老师，我便坦然接受了这种尊敬。虽然尚未谋面，但他的诗歌是我认可并欣赏的。特别是近几年来，他笔耕不辍，进步明显，通过他的作品，我甚至惊喜地看到了中国诗坛即将升起的一颗新星的光芒。

　　当然，我一直主张每一位诗人、作家都要靠文本说话。

　　在方严的很多作品里，那些信手拈来的质感、新鲜的语言所营造的清新、高雅的意境，完美地呈现出深邃、深远的内涵。这一点非常难得！

　　"……捻一撮翠叶/携一壶溪中水/烈焰牵动着泥碗土杯，我眷恋独处/烹煮陈年普洱，烹煮柠檬红茶/煮过长诗短句，煮过飞剑江湖/我不翻茶经不忆断章/任水在火上欢叫/任往事在微苦里回甘……"

——《煮茶》

"……穿过烟火缭绕 虚构踏日而行的奔腾骏马/虚构在仓皇岁月中，例无虚发的炮火……"

——《象棋》

"……收藏几簇淡烟/收藏云似的梨白/也收藏沉静在岁月里记忆的繁华/窈窕明媚的一枕瓷梦/除了玲珑圆润/还包括半开的花窗/河流般的神笔素绘……"

——《瓷》

这些司空见惯的生活场景，经常被一些底气不足的诗人写得很泛泛、俗气、肤浅。而方严却很巧妙地把"一杯茶"、"一盘棋"和"一件瓷器"放进历史的空间来欣赏、观瞻、思索，让我们感受着人间的沧桑和巨变。

而在诗人的笔下，大自然的一景一物，又呈现出新的美感和内涵。

读着这样的文字，我们已经身不由己地置身于她笔下灵动的美景而流连忘返……

"……定有时接你从天涯到草原种植幸福/信马由缰，共同经营不一样的草原青浪。"

——《心向大海》

无疑，爱和思念，是我们一生抒写不尽的浪漫主题，也是百唱不厌的歌曲。我欣赏作者这样运笔，把真挚的情感巧妙地融于自然，这么豁达、宽广，随意，而又专注细腻。

"……秋日午后，采药者心情澎湃/采走我尝过的悲欢和我未逢的烟雨/以火去烤虚无的命运，在烈焰中无声陷落/以水去煮深沉的乡愁，在铜壶里堕入深渊/我需要一场雨，送我抵达一方鸿蒙/平复我心底的酸辛，拂去落花……"

——《三七》

"……不要等思乡成为内伤，不要等雪满鬓发/你为红尘的过客，我俯就日光/安做身轻气香的当归……"

——《当归》

草药入诗，本不稀奇。但作者能够从医者仁心的角度，写出乡愁，写出悬壶济世的悲悯情怀，非常不易。这就是诗人的功力。

"……我可取走的是那一弯镰刀挥去的麦穗/我取不走的是这一抔沉甸甸的黄土"

——《麦田》

"家国情怀"，总会让我们有万般感慨。因为这是我们的根所在，情所在，爱所在。

其实，我很羡慕方严，在这个美好的年纪，美好的时代，能够写出这么多美好的作品，实在是一件可喜可贺的事情。希望他在今后的成长过程中，不忘初心，砥砺前行，不断写出更多的佳作！

因为，你的未来，值得期待！

2020 年 6 月 27 日

——作者系中国诗歌学会理事。

后 记

—— 山、水的诗语

山、水就像用抒情的笔向我所能眺望的天地泼墨。某一个夏天，微风，在家对面的图书馆翻读书籍，触动我内心的文字像一把把钥匙，带我进入文学的殿堂，一切令人神秘，满满的豪情在我的心内呼啸着。

捧着书，我就可以感到任何角落都有爱的光芒；写着诗，敞开的心房面对的都是崭新的春天，心中因此而充盈着爱心与情意，人间一切事物都美好，内心有抑制不住的欢喜。

诗集《山水诗笺》是岁月中的微小集尘，与父母的帮助与朋友的支持分不开，是自己的坚持从而顺利地过滤掉内心的尘雾，找到了人生坐标，超越了狭隘世界，拥有了一双洞察万物奥秘的慧眼，回到山和水之间，挖掘出最终的渴望，寻找出世间的爱，体味到爱是怎样的奇妙滋味，尽量让每一句诗都涵盖爱的心跳与温度，让无尽的爱意留在明快的语调中，让不变的誓言进入我的心灵。于是，提笔，低头，献上我舒畅的笑声与望云的眼神；于是就有了那些像月光的"发光体"和星光的启示；于是就有了本书第二部分的"山水一幅"。虽然年龄不大，但我随家人去过祖国的很多地方，正是这些游历，激发出我对祖国山川的无限热爱与赞颂，遂成"他乡顾盼"。

生活在让我心暖的长江边的南方小城，每天沐浴在太阳一样炽热的爱中，长江、黄山、杏花村、秋浦河引发我内心对万物的感激。《山水诗笺》一如水湄的芦苇、山涧的青草，带着清晨的朝露，寻找我想要去寄宿的苍山、怒江、雪山，将这些生活的片段、心中的想法，挥洒成诗的时候，我幸福，我是倾爱写作的诗人，写诗之人也是幸福的人。

当生命的太阳从一堆泼墨的乌云中顿然出现，诗歌成集，表现为文路上一个片段的结果与总结时，忽觉无比兴奋，内心也被深深地感动。《山水诗笺》的出版得到了国家一级作家、著名诗人雷平阳老师的关心和大力支持、并题以书名；中国作家协会副主席、第十三届全国政协常务委员白庚胜老师倾情作序，深谢！同时感谢安徽省作协主席、国家一级作家许春樵老师多年来对我的支持和鼓励；《山花》主编、著名诗人李寂荡老师，著名诗人、《星星》诗刊副主编李自国老师，中国诗歌学会理事张恩浩老师给予诸多的指导与厚爱，并向那些一直以来给予我关心鼓励的所有亲人和朋友致谢！

作者：方 严

2020 年 12 月 7 日于池州